Papel certificado por el Forest Stewardship Council®

Primera edición: noviembre de 2017
Séptima reimpresión: diciembre de 2018

© 2017, Raquel Díaz Reguera
© 2017, Penguin Random House Grupo Editorial, S.A.U.
Travessera de Gràcia, 47-49. 08021 Barcelona
Diseño y maquetación: Magela Ronda

Printed in Spain – Impreso en España

ISBN: 978-84-488-4902-3
Depósito legal: B-20.823-2017

Impreso en Soler Talleres Gráficos
Esplugues de Llobregat (Barcelona)

BE 4 9 0 2 3

Penguin
Random House
Grupo Editorial

Cuando las niñas vuelan alto

Raquel Díaz Reguera

Lumen

Ellas son tres,
pero podrían ser diez,
o cien,
o una,
o todas las niñas del planeta.

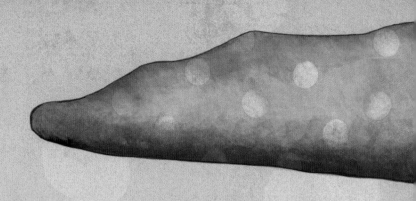

Adriana es ligera como una pluma,
es la más bajita de su curso.

Le encanta volar de un lado a otro de la habitación
rugiendo como si fuese una avioneta.

Está segura de que será la mejor piloto del mundo.

Jimena es muy silenciosa.

Se pasa el día entre libros,
  como un ratoncillo de biblioteca.

Le gusta escribir cuentos
  y va con su cuaderno a todas partes.

Quiere ser una superescritora.

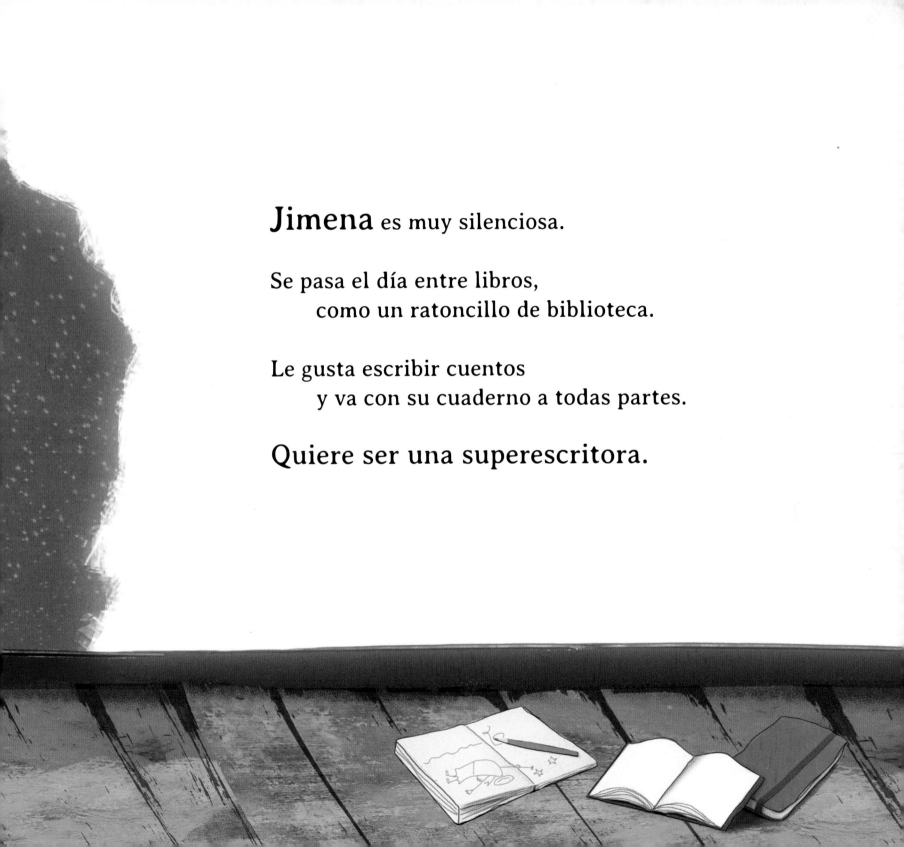

Martina es redondita como el punto de la i.

Siempre sube los escalones de casa de tres en tres
para llegar pronto a su cuarto y abrazarse a su violín.

Sueña con ser una gran violinista.

¿Y quién se ocupa de que no pierdan la ilusión?

No sé si habéis oído hablar alguna vez
del señor SIQUIERESPUEDES;
él es el encargado de tejer alas.

Unas alas que no se ven,
pero que todos los que tienen sueños que cumplir
llevan puestas sin saberlo.

Pero para que los sueños no se cumplan hay una familia de malos malísimos. La banda dirigida por don NOLOCONSEGUIRÁS. Ellos se encargan de que las alas que teje el señor SIQUIERESPUEDES no sirvan para nada.

¿Y cómo conseguir que las niñas no puedan levantar el vuelo a pesar de llevar alas? Pues es fácil: van poniendo pequeñas piedrecitas en sus bolsillos, en sus zapatos, en sus mochilas... que, poco a poco, van haciéndolas muy pesadas, **demasiado para que puedan volar.**

DON
NOLOCONSEGUIRÁS

SR. REFLEJOS

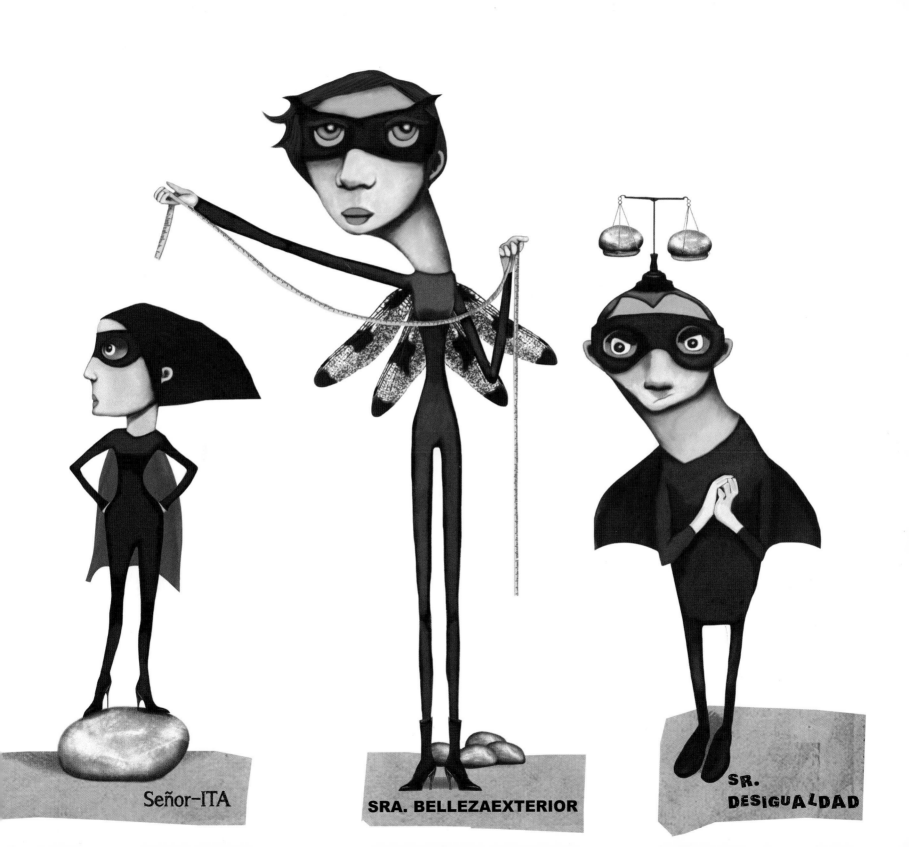

Señor-ITA

SRA. BELLEZAEXTERIOR

SR. DESIGUALDAD

Primero aparece la perversa señora BELLEZAEXTERIOR.

Siempre con su cinta métrica entre las manos y susurrando incesante:
–Hay que ser alta y delgada, hay que ser alta y delgada, alta y delgada... Las modelos, las niñas de las series, las mamás más guapas, ellas son altas y delgadas.

Una mañana Adriana llegó al cole un poco triste.

–Soy muy bajita.

–¿Muy bajita para qué? ¿Para pilotar aviones? –preguntó Martina.

Así que Adriana, para parecer alta, comenzó a caminar de puntillas, pero era muy cansado y, desanimada, comenzó a creer que era demasiado bajita para cualquier cosa.

Martina era más gordita que las niñas de los anuncios,
lo que para ella empezó a ser todo un problema,
y el problema pasó a ser una preocupación, y la
preocupación hizo que las notas de su violín
sonaran cada día más desafinadas.

Jimena empezó a escribir cuentos en los que «ellas»
siempre eran como las protagonistas de los dibujitos
que veía en la tele: esbeltas, supermodernas, con
melenas interminables y nada más. Que fueran o no
inteligentes, intrépidas o soñadoras le importaba
cada vez menos.

Y así fue como la malísima señora BELLEZAEXTERIOR
metió en los zapatos de las niñas las primeras piedrecitas,
logrando que les costara más levantar el vuelo.

En segundo lugar siempre se presenta el señor REFLEJOS.
Este pone frente a las niñas unos espejos engañosos que no
reflejan su valía, sino lo que él quiere que vean.

Y mientras ellas se miran, él insistentemente susurra palabras
para herirlas: «Gorda, enana, tonta, flacucha, larguirucha,
fea, gafotas...».

Y así fue como, palabrita a palabrita, una detrás de otra,
el malísimo señor REFLEJOS fue metiendo piedras en
los bolsillos de las niñas.

En tercer lugar llega el malvado señor DESIGUALDAD cargado con su saco lleno de MENOS:

Ellas corren menos que ellos.
Ellas son menos fuertes que ellos.
Ellas saltan menos que ellos.
Ellas son menos valientes.
Ellas son menos, menos, menos...

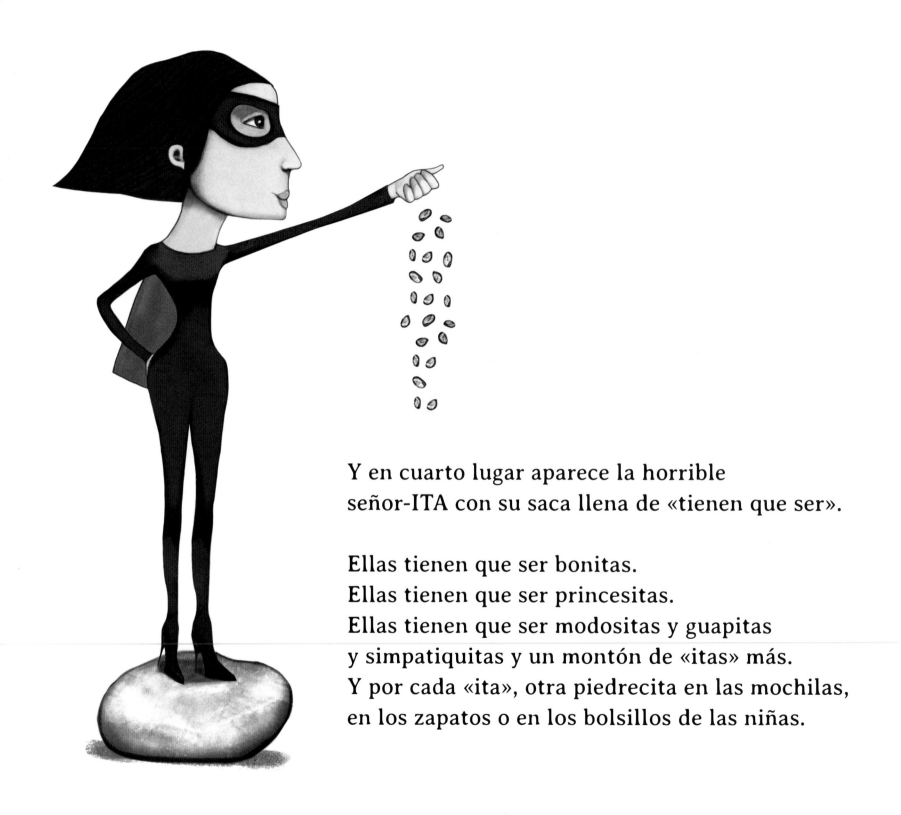

Y en cuarto lugar aparece la horrible
señor-ITA con su saca llena de «tienen que ser».

Ellas tienen que ser bonitas.
Ellas tienen que ser princesitas.
Ellas tienen que ser modositas y guapitas
y simpatiquitas y un montón de «itas» más.
Y por cada «ita», otra piedrecita en las mochilas,
en los zapatos o en los bolsillos de las niñas.

Las cosas habían cambiado para ellas: ahora Adriana quería ser azafata, porque ser piloto le parecía demasiado difícil, solo había chicos pilotos.

Martina, a pesar de la insistencia de su madre, había dejado de tocar el violín y solo quería ser delgada.

Y Jimena seguía escribiendo cuentos, sí, pero ahora sus aventureras, sus exploradoras y sus científicas se habían convertido en... ELLOS.

El señor SIQUIERESPUEDES
no sabía qué hacer para que se dieran cuenta
de lo que estaba ocurriendo.

Una mañana, mientras las tres se aburrían en el recreo, vieron a Violeta subida al árbol torcido del patio.

Violeta tenía siete, un año menos que ellas, y era intrépida, valiente, pecosa, ruidosa, alegre, inteligente y rápida como un balín. ¡Como ellas eran antes!

Colgada boca abajo, desde la rama del árbol, gritó:
–¡De mayor voy a ser marcianaaaaaa!
–¿Pero cómo vas a ser marciana, si no eres de Marte?
–Eso da igual. ¡Si quiero ser marciana lo seré!

–Martina –dijo Violeta–, ¿a que no me pillas?
–Es que con estos zapatos no puedo correr.
–Pues quítatelos.

Martina se quitó los zapatos y, sorpresa...,
dentro del izquierdo había una piedra y dentro del derecho dos.
¿Cómo no se había dado cuenta antes?

Echó a correr por el patio y, aunque no pilló a Violeta,
se sintió mucho más ligera.

–¿A que no eres capaz de hacer el pino? –preguntó Violeta a Adriana.
–Sí, pero si hago el pino se me levantará la falda.
–¿Y qué?
–¡Que a las niñas no se les debe levantar la falda!
–Ya, excusas. Eso lo dices porque no sabes hacer el pino.
–Sí que sé –dijo Adriana–, vas a ver como sé.

Y al hacer el pino,
de su bolsillo cayeron
varias de las piedras
que cargaba.

PABLO
LOVES
THE
♡ BEATLES

–¿Sabéis qué? –dijo Violeta–. Me sé las tablas de multiplicar como si tuviera diez años, dos por dos seis.
–Dos por dos ¿seis? –exclamó Jimena–, dos por dos son cuatro.
–No, son seis.
–Que no –repitió Jimena mientras buscaba en su mochila el libro de Matemáticas.

Y lo encontró,
junto a un montón de piedras
que volcó con
las de Martina
y Adriana.

El ruido de las piedras al caer llamó la atención de las demás niñas
que jugaban en el patio. ¿Tendrían ellas también piedras escondidas?
Y todas empezaron a mirar en los bolsillos de sus pantalones,
en las bolsas del desayuno, en sus calcetines.

ESTABAN CARGADAS DE PIEDRAS.
¡¡¡Y qué alegría dejarlas caer!!!

Al juntarlas todas se formó una montaña en cuya cima estaban,
como si hubiesen escalado el Himalaya, ellas tres y Violeta.
Desde allí podían ver a todos los integrantes
de la banda de don NOLOCONSEGUIRÁS
y parecían diminutos,
insignificantes.

–¿Habéis visto? –gritó entusiasmada Violeta–. ¿Veis
como tenía razón? ¡Podemos ser marcianas!
¡Desde aquí arriba casi tocamos Marte!

Y es verdad, parecía que lo pudiesen tocar.
Lo mejor de todo fue que descubrieron que
¡nunca habían dejado de ser ligeras
como plumas! ¡Nunca!

De hecho, para subir a lo alto de la montaña
de piedras, solo habían tenido que hacer
una cosa: desplegar sus alas, esas alas
tejidas cuidadosamente por el señor
SIQUIERESPUEDES, con las que todo el
mundo puede llegar tan alto como quiera.